诗画共赏

乐府诗选

唐伯虎插图版

唐咏章/编

中信出版集团 | 北京

图书在版编目（CIP）数据

乐府诗选 : 唐伯虎插图版 / 唐咏章编. -- 北京 : 中信出版社, 2019.5

（诗画共读）

ISBN 978-7-5217-0270-5

Ⅰ. ①乐… Ⅱ. ①唐… Ⅲ. ①乐府诗—诗集—中国—古代 Ⅳ. ①I222.6

中国版本图书馆CIP数据核字(2019)第050140号

乐府诗选：唐伯虎插图版

诗画共读

编　　者：唐咏章

出版发行：中信出版集团股份有限公司

（北京市朝阳区惠新东街甲4号富盛大厦2座　邮编　100029）

承 印 者：北京图文天地制版印刷有限公司

开　　本：700mm×1000mm　1/16　　印　　张：14　　字　　数：60千字

版　　次：2019年5月第1版　　印　　次：2019年5月第1次印刷

广告经营许可证：京朝工商广字第8087号

书　　号：ISBN 978-7-5217-0270-5

定　　价：68.00元

导读

乐府，本是官署名。《汉书 · 艺文志》云，“自孝武立乐府而采歌谣，于是有代赵之讴，秦楚之风，皆感于哀乐，缘事而发，亦可以观风俗，知薄厚云”，记载乐府设立于汉武帝时期。但据相关考古发现，乐府应在秦时便已出现。正如《汉书·艺文志》所载，乐府是官方用来采集各地民歌，以“观风俗，知薄厚”的机构。其所采集的民歌，后来便也被称为“乐府”。

两汉的乐府，便具有十分鲜明的民歌色彩。用语平白质朴，不加矫饰，汉时人自身的单纯、真挚跃然纸上，具有一种十分赤裸的感染力，是后世的诗歌中所罕见的。如汉乐府中出现不止一次的句子“肠中车轮转”，语句极其平实，但内心的痛苦让人感同身受。既是民歌，便多描写普通民众生活的篇目。如《十五从军征》描写退伍还乡，家中已空无一人的老兵的孤独；《孤儿行》写父母早亡，被兄嫂欺凌的痛苦；《东门行》写家中穷得揭不开锅，最终决心出走为寇的悲愤；《刺巴郡守诗》则描写官吏讨钱，无处筹款的惨淡。题材既为后世少见，描写更是深入细节，具有难以替代的价值。汉乐府中不能不提的是色彩鲜明的爱情诗。汉时女性泼辣、直率、敢爱敢恨的性格在其中展露无遗。如《上邪》中对情人的热烈表白，《有所思》中，得知情人变心便将送给情人的玳瑁簪直接砸断烧毁，《白头吟》中的直白干脆的“闻君有两意，故来相决绝”，呈现出与后世的女性完全不同的独立风采。本书中，既尽可能选入汉乐府中的名篇，也希望能着重突出汉乐府这种质朴深挚的“平民”风格。

魏晋南北朝时，乐府正式成为一种诗体门类的名称。如刘勰在《文心雕龙》中单立“乐府”篇。萧统在《昭明文选》也划出“乐府”一类。这个阶段，民间诗歌的采集仍在继续，但已日趋减少。同时，拟乐府开始盛行，即文人开始大量使用乐府旧题创作新的乐府诗。因此，和两汉乐府多系无名氏所作不同，魏晋以后的乐府，相当部分是当时有名诗人的作品。同时，本来只是民歌歌词的乐府，词和曲也开始发生分离，相当部分由文人创作的乐府，并未谱曲，不再能够演唱了。魏晋时期的乐府，自是首推“三曹”——曹操、曹丕、曹植。作为建安文学的翘楚，他们也创作了不少优秀的乐府诗。曹操的乐府诗和其他诗歌一样，多反映军旅生活，雄浑沉郁，气势纵横。曹丕诗存世不多，但《燕歌行》写思妇，悱恻缠绵，深挚处颇有汉乐府遗风。曹植是这一阶段诗坛的代表人物，自身才气纵横，立嗣之争失败后又被曹丕长期排挤迫害，体验过人世深刻的苦痛。因此他的乐府诗中，既有《箜篌引》《白马篇》这样精气完足、神采飞扬的名篇，也有《吁嗟篇》这样深入肺腑的沉痛之作。南北朝时期，一方面如当时有名的诗人鲍照、谢朓、庾信等均参与到乐府诗创作中，留下不少佳作。另一方面，也有不少优秀的民歌传世。南朝乐府诗以男女恋歌为主，清新可人，如《子夜四时歌》。北朝民歌则更具北方民族的粗犷豪壮的风度，题材也更为广泛，既描写爱情，也描写边塞风光、战争悲苦、英雄故事等，如著名的《敕勒歌》。

隋唐时期，文人创作已经占据了乐府诗的绝对主流。许多著名诗人如王昌龄、王维、李白、杜甫、刘禹锡、白居易等，均留下不少名篇。唐人乐府一方面继续沿袭前人旧题，另一方面也出现了不少自制新题。杜甫、白居易等更是开创了“新乐府”，用新题，写时事，虽然形式上仍然是乐府，内容上已经完全是由文人自身抒发的时代精神。唐人乐府中，边塞诗占据了半壁江山，许多唐人边塞诗中的名篇，如王昌龄的《从军行》、李白的《关山月》、卢纶的《塞下曲》等，均是乐府篇目。男女恋情也是唐人乐府中的重要主题，如王昌龄描写深宫凄冷的《长信怨》，李白的《长干行》《长相思》等。刘禹锡在贬谪南方期间，收集或改编当地民歌，形成著名的《竹枝词》。竹枝词多描写当地风俗和男女恋情，语言清新直白，生活气息浓厚，是唐人乐府中难得的回归“民歌”风格之作。

本书择自汉至唐的乐府诗中，篇幅相对短小，易于欣赏及诵读者汇编为一册，配以明代唐伯虎的画作，既可供粗略了解历朝乐府诗的风格流变，又可供案头随意翻阅欣赏，领略乐府诗独特的艺术魅力。

目录

【汉】

《沛台实景图》（局部）

大风歌

刘邦

大风[1]起兮云飞扬。
威加海内兮归故乡。
安得猛士兮守四方。

【注释】

① 大风：《文选》李善注云："风起云飞，比喻群雄竞逐，而天下乱也。"

《溪山渔隐图》（局部）

秋风辞

刘彻

秋风起兮白云飞，草木黄落兮雁南归。
兰有秀[1]兮菊有芳，怀佳人兮不能忘。
泛楼船兮济[2]汾河，横[3]中流兮扬素波[4]。
箫鼓鸣兮发棹歌[5]，欢乐极兮哀情多。
少壮几时兮奈老何[6]。

【注释】

① 秀、芳：秀谓花色，芳谓花香。此处秀、芳为互文，指菊、兰的花色、花香。
② 济：渡。
③ 横：横渡，横绝。
④ 素波：白色的波浪。
⑤ 棹歌：船中所唱之歌。棹：船桨，代指船。
⑥ 奈老何：拿衰老怎么办呢？

《仕女图》（局部）

怨歌行

班婕妤

新裂[①]齐纨素[②]，皎洁如霜雪。
裁为合欢扇，团团似明月。
出入君怀袖[③]，动摇微风发。
常恐秋节至，凉飙[④]夺炎热。
弃捐[⑤]箧笥[⑥]中，恩情中道[⑦]绝。

【注释】

① 裂：裁下，截断。
② 齐纨素：精细的白绢，以产于齐国者最为有名。
③ 怀袖：怀中，袖中。
④ 凉飙：凉风。飙，疾风。
⑤ 弃捐：抛弃。
⑥ 箧笥（qièsì）：泛指竹制的箱笼。
⑦ 中道：半途。

《杂卉烂春图》（局部）

上山采蘼芜

佚名

上山采蘼芜[1]，下山逢故夫。
长跪[2]问故夫，新人[3]复何如？
新人虽言好，未若故人姝[4]。
颜色[5]类相似，手爪[6]不相如。
新人从门入，故人从阁[7]去。
新人工织缣[8]，故人工织素。
织缣日一匹，织素五丈余。
将缣来比素，新人不如故。

【注释】

① 蘼芜：一种香草，可入药。古人认为蘼芜可使妇人多子。

② 长跪：直腰而跪，以示庄敬。汉时席地而坐，两膝着地，坐于脚跟。坐时挺直腰身，则上身较长，故曰“长跪”。

③ 新人：指前夫新娶之妻。

④ 姝：好。

⑤ 颜色：容貌，姿色。

⑥ 手爪：代指纺织等手工技能。

⑦ 阁（gé）：旁门、小门，与前句“门”相对，意指将新人从大门迎娶进来，将故妻从旁门打发出去。

⑧ 缣、素：均为绢的种类，素色洁白而缣色带黄，故素贵而缣贱。

《山水人物册之三》（局部）

十五从军征

佚名

十五从军征，八十始[1]得归。
道逢乡里人：家中有阿谁[2]？
遥看是君家，松柏冢累累。
兔从狗窦[3]入，雉[4]从梁上飞。
中庭生旅[5]谷，井上生旅葵[6]。
舂谷持作饭，采葵持作羹。
羹饭一时熟，不知贻[7]阿谁。
出门东向看，泪落沾我衣。

【注释】

① 始：才。
② 阿谁：谁。阿，语气助词。
③ 狗窦：为狗出入开的墙洞。
④ 雉：野鸡。
⑤ 旅：野生，未经播种而生。
⑥ 葵：葵菜，又名苋菜。当时常见蔬菜。
⑦ 贻：送，赠送。

《柴门掩雪图》（局部）

步出城东门

佚名

步出城东门，遥望江南路。
前日风雪中，故人从此去。
我欲渡河水，河水深无梁[1]。
愿为双黄鹄[2]，高飞还故乡。

【注释】

① 梁：桥梁。

② 黄鹄：传说中仙人所乘的大鸟。

《溪竹风柯图》（局部）

战城南

佚名

战城南，死郭①北，野死②不葬乌③可食。
为我谓乌：且为客④豪⑤。
野死谅⑥不葬，腐肉安能去子逃⑦？
水深激激⑧，蒲苇冥冥⑨。
枭骑⑩战斗死，驽马⑪徘徊鸣。
梁⑫筑室，何以南？何以北？
禾黍⑬不获君何食？愿为忠臣安可得？
思子良臣，良臣诚可思：
朝行出攻，暮不夜归⑭。

【注释】

① 郭：外城。与“城”相对，此处为互文。战死在城郭南北。

② 野死：战死在郊野。

③ 乌：乌鸦。

④ 客：指战死者。

⑤ 豪：通“嚎”，哭。古人对于新死者须行招魂礼，招时且哭且说。

⑥ 谅：想必，应该。

⑦“去子逃”句：腐肉是不会逃走的，请求乌鸦为死者哭过丧再吃。子，指乌鸦。

⑧ 激激：清澈貌。

⑨ 冥冥：苍茫幽暗貌。

⑩ 枭骑：骁勇的骏马，比喻战死的英雄。

⑪ 驽马：劣马。

⑫ 梁：桥梁。此句意为在桥梁上都修筑了营垒，如何能够南北往来。

⑬ 禾黍：泛指粮食。

⑭ 暮不夜归：即暮夜不归。

《扇面》（局部）

巫山高

佚名

巫山高，高以[①]大。
淮水深，难以逝[②]。
我欲东归，害[③]梁[④]不为？
我集[⑤]无高曳[⑥]，水何梁[⑦]，汤汤回回[⑧]。
临水远望，泣下沾衣。
远道之人心思归，谓之何[⑨]！

【注释】

① 以：连词，相当于“且”。

② 逝：水流急速貌。

③ 害：通“何”。

④ 梁：桥梁。此句意为为何没有桥梁。

⑤ 集：通“济”，渡河。

⑥ 高曳：通“篙栧”，船篙和船桨。

⑦ 梁：疑为衍文，或为“深”字之讹。

⑧ 汤汤回回：水流浩大回旋貌。

⑨ 谓之何：还有什么可说的。

《牡丹仕女图》（局部）

有所思

佚名

有所思[1]，乃在大海南。

何用[2]问遗[3]君？双珠玳瑁[4]簪[5]，用玉绍缭[6]之。

闻君有他心，拉杂[7]摧[8]烧之。

摧烧之，当风扬其灰！

从今以往，勿复相思，相思与君绝！

鸡鸣狗吠[9]，兄嫂当知之。

妃呼狶[10]！

秋风肃肃晨风飔[11]，东方须臾高[12]知之！

【注释】

① 所思：指所思、爱之人。

② 何用：用什么。

③ 问遗：赠送。

④ 玳瑁：一种龟类，其甲壳光滑而多文采，可制饰物。

⑤ 簪：古人用来将冠固定在发髻上的饰物，簪身横穿髻上，两端露出冠外，下可各缀一珠，故谓之“双珠”。

⑥ 绍缭：缠绕。

⑦ 拉杂：折断。

⑧ 摧：砸毁。

⑨ 鸡鸣狗吠：代指男女幽会，因会惊动鸡狗。

⑩ 妃呼狶（bēixūxī）：感叹词。

⑪ 飔（sī）：疾风。

⑫ 高（hào）：通“皓”，白。此处指天亮。

上邪

佚名

上邪[①]！
我欲与君相知[②]，
长命[③]无绝衰。
山无陵[④]，江水为竭[⑤]，
冬雷震震夏雨[⑥]雪，
天地合，乃敢与君绝！

【注释】

① 上邪（yé）：上天啊。邪，语助词。此为女子指天发誓之辞。

② 相知：相爱。

③ 命：令，使。

④ 陵：隆起的山梁。

⑤ 竭：干涸。

⑥ 雨（yù）：作动词，降。

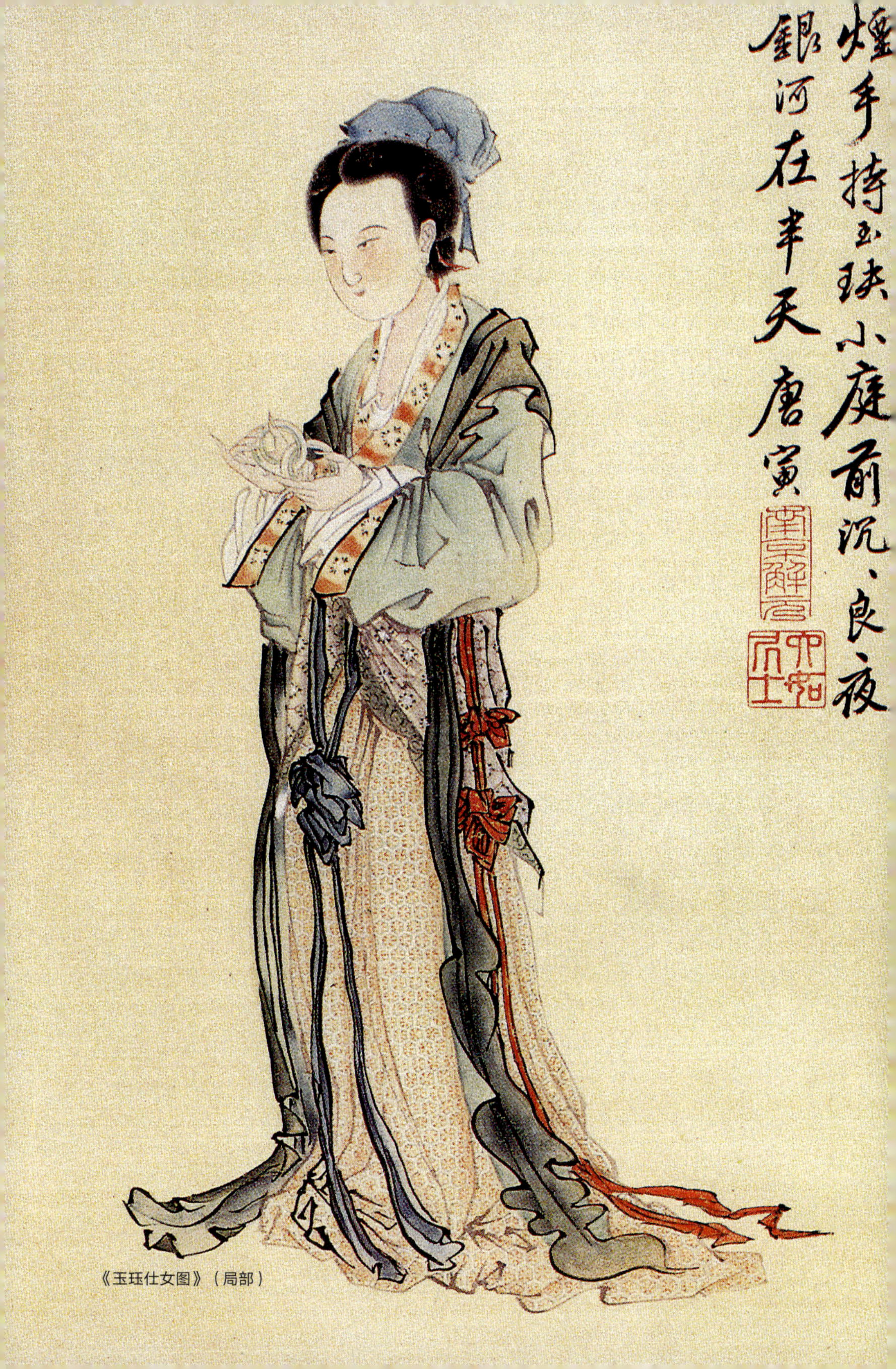

《玉珏仕女图》（局部）

孤儿行

佚名

孤儿生，孤子遇生[1]，命独当苦。
父母在时，乘坚车，驾驷马[2]。
父母已去[3]，兄嫂令我行贾[4]。
南到九江，东到齐与鲁。
腊月来归，不敢自言苦。
头多虮[5]虱，面目多尘[6]。
大兄言办饭，大嫂言视马[7]。
上高堂[8]，行[9]取[10]殿下堂。
孤儿泪下如雨。
使我朝行汲[11]，暮得水来归。
手为[12]错[13]，足下无菲[14]。
怆怆履[15]霜，中多蒺藜。

【注释】

① 遇生：遇，通“偶”。偶然而生。

② 驷马：四匹马拉的车。

③ 去：去世。

④ 行贾（gǔ）：出外经商。汉朝社会商人的地位低下，当时的商贾有些就是富贵人家的奴仆。

⑤ 虮（jǐ）：虱卵。

⑥ 面目多尘：此句尾可能脱掉一个“土”字。

⑦ 视马：照顾马匹。

⑧ 高堂：正堂。

⑨ 行：复，又。

⑩ 取：通“趋”，奔走。

⑪ 汲：从井里打水。

⑫ 为：因此。

⑬ 错：通“皵”（què），皮肤皴裂。

⑭ 菲：通“扉”，草鞋。

⑮ 履：踩，踏。

拔断蒺藜肠[16]肉中，怆欲悲。

泪下渫渫[17]，清涕累累。

冬无复襦[18]，夏无单衣。

居生[19]不乐，不如早去，下从地下黄泉。

春气动，草萌芽。

三月蚕桑，六月收瓜。

将[20]是[21]瓜车，来到还家。

瓜车反覆[22]。助我者少，啖瓜者多。

愿还我蒂[23]，兄与嫂严。

独且[24]急归，当兴校计[25]。

乱[26]曰：里[27]中一何譊譊[28]，愿欲寄尺书，

将与[29]地下父母，兄嫂难与久居。

⑯ 肠：即“腓肠”，俗称小腿肚子。

⑰ 渫（xiè）渫：水流貌，此处为泪流不断之貌。

⑱ 复襦：夹衣，和“单襦”相对，即有里子的短夹袄。

⑲ 居生：活着。

⑳ 将：扶、推。

㉑ 是：代词，这。

㉒ 反覆：同“翻覆”。

㉓ 蒂：瓜蒂。

㉔ 独且：将要。

㉕ 校计：犹“计较”。

㉖ 乱：乐曲的尾声。

㉗ 里：里巷。

㉘ 譊（náo）譊：吵闹声。

㉙ 将与：捎给。

《浔阳八景图之五》（局部）